하노이 서울 시편

Hanoi Seoul Poems

국립중앙도서관 출판시도서목록(CIP)

하노이-서울 시편=Hanoi Seoul poems / 김정환
지음. — 서울 : 문학동네, 2003
p. ; cm

ISBN 89-8281-711-5 02810 : ₩6500

811.6-KDC4
895.715-DDC21 CIP2003000895

하노이 서울 시편

Hanoi Seoul Poems

김정환 詩集

문학동네

自序

새천년 첫해 벽두에 베트남 하노이를 방문할 기회가 있었다. 머문 기간이 짧았지만 곧, 서울에 있는 듯 익숙해지고, 익숙함이 신기했다. 그리고, 신기함은 이어진다. 하노이를 떠나온 지 1년 반, 5백 년 묵은 서울에서 언뜻, 하노이가 익숙하고, 신기하다. 우리를 반갑게 맞아준 베트남 작가들, 특히 시인 휴틴과 듀앗, 그리고 소설가 바오닌에게 이 『하노이-서울 시편』을 바친다. 부디, 전쟁의 슬픔이 무르익어, 해방과 평화의 기쁨 되기를.

2003년 8월

김정환

차례

自序 _ 5

대한(大寒) 하노이-서울 시편 序 _ 9

공항 하노이-서울 시편 1 _ 10

첫 논과 밭 하노이-서울 시편 2 _ 12

다운타운 하노이-서울 시편 3 _ 14

매디슨 호텔 하노이-서울 시편 4 _ 16

공습과 기억 하노이-서울 시편 5 _ 18

3중주 하노이-서울 시편 6 _ 20

하롱 Bay로 하노이-서울 시편 7 _ 23

하롱 Bay 하노이-서울 시편 8 _ 25

다시, 하노이로 하노이-서울 시편 9 _ 28

Van Nghe 신문사 하노이-서울 시편 10 _ 30

세대와 가족 하노이-서울 시편 11 _ 33

Bao Ninh 집 하노이-서울 시편 12 _ 36

인민위원회 하노이-서울 시편 13 _ 39

Quan ho Bac Ninh 하노이-서울 시편 14 _ 42

Ly Bat De 사원 하노이-서울 시편 15 _ 45

회담과 서명, 그리고 하노이-서울 시편 16 _ 48

편안하게 길을 잃다-아침 하노이-서울 시편 17 _ 53

편안하게 길을 잃다-밤 하노이-서울 시편 18 _ 55

주소 하노이-서울 시편 19 _ 57

상공에서 하노이-서울 시편 20 _ 58

다시, 공항 하노이-서울 시편 決 _ 60

소리의 평화 하노이-서울 시편, 그후 _ 61

해설 잃어버린 시적 정의를 찾아서 김수이(문학평론가) _ 65

대한(大寒)

—하노이-서울 시편 序

진눈깨비 내리는 길을 걷는다
파사드* 는 화려하지만 70년대
박정희 없는 경제개발의
뒷골목을 걷는다
여름장마 냄새 찌든 지하 생맥주집
삶은 계란 구멍가게와 노래방의
낙후한 네온사인이 신생(新生)하는
키 낮은 살림집과 서비스업종의
음습한 경계를 걷는다 진눈깨비 내리고
회고는 음탕하지.
김일성 없는 평양도 걷는다

* façade. 건물 정면 외관.

공항

—하노이-서울 시편 1

100년 전쟁은 편안하다 하노이 공항
입국 절차도 하기 전에 별이 달린 군대 계급장
제복의 공안원은 시골처럼 꺼칠하고
여행가방은 귀성객의 보따리를 닮아가고
공습을 겨우 면한 역사 건물이
망가진 기념시계보다 편안하다.
문득, 5 · 16은 쓸데없이 육군 소장 박정희
라이방만 새까맣다.
쿠데타만 지독하고 지리멸렬하다.
100년 전쟁은 편안하다 제국주의(이 말도 벌써 소란하다)에 이긴 100년 전쟁은
사과도 사양하는
온화한 권위다.
이 말도 소란하다

6 · 25와 4 · 19, 그리고 5 · 16

숫자가 요란하다

우린 왜 그리 이를 악물고 살았던가

첫 논과 밭

—하노이-서울 시편 2

좌우로 논이 펼쳐진다 첫눈이 내리듯
이전도 그후도 춥지 않은 첫눈 내리듯
그 위로 자상한 호치민 아저씨
입간판이 지나간다 가난했던 시절의
아름다운 전망처럼
그래. 정말. 박정희 없는 60년대 혹은
반공교육 없는 70년대 같아. 냄새 숭한 빡빡머리 중
고생 때
반공강연회에서 귀순간첩의 남파와 암약에서
드라마를 배운 나는
반공도 예술도 철저하지 못한
뒤늦게 그것이 다행인 나는
새마을운동이 저렇게는 안 되지
공장 건설도 저렇게는 안 되지
사랑의 남세스런 냄새를 처음 맡았던
대학 4년 때 베트남

'패망과 해방'이 겹치는 충격을 겪었던 나는
웬일인지 다시 군대 내무반 생활로 돌아와 있는
그게 지겹지만 운명인 듯 지겨움에 벌써 익숙해진
악몽을 꾸는 나는.
어쨌거나 그 세월 펼쳐진다 나무,
나무 사이로 첫눈 내리듯 논밭 펼쳐진다 공습의
흔적이 사람의 흔적으로 군데군데 묻어나는 하노이
외곽로
해체와 건설이 동시 진행되는 2차선 도로가 펼쳐진다
그럼. 그건 사소하고, 사소한 만큼 당연하지……
세월 펼쳐진다 '모종과 이중'의.

다운타운

—하노이-서울 시편 3

energetic commotion of liberation……

길은 좁고 남녀를 가득 실은 일산(日産) 오토바이

교통량이 속도와 거리를 넘치는 하노이 중심가를 지나며

통역 가이드 미세스 호아에게 그렇게 말했다

energetic commotion of liberation……

무슨 뜻이지? 아니, 어감은 대충 오는데 다시 한국말로

번역이 되지 않는다.

미세스 호아는 외모가 뚱뚱해진 탤런트 서갑숙쯤 되고

화제는 단연 베트남에 이는 한국 탤런트 패션 열풍이었다.

거리는 물량 위주 청바지 가게와 SONY, SAMSUNG

전자대리점이 시대에 뒤져 수상한 동거를 하는

청계천 4가, 5가쯤 되고

영한사전을 찾아봐도 마찬가지다 영어를 쓰는 동안

나는 어김없는 식민지 백성이다 읽을 때는 몰라도
최소한 회화를 하는 동안은 문법이 행동을 결정한다
energetic commotion of liberation……
오토바이들이 대학생 연인들이 질주한다 차선도
유턴 금지도 없이. 대부분 운송 아르바이트 학생들
입니다……
미세스 호아는 그렇게 부연 설명했지만
그 옛날 낡은 전투기를 몰던 월맹 조종사보다 기민한
그들의 운전솜씨에서
전쟁의 세대가 평화의 후대에게 물려줄 것이
살기가 아니고 활기라는 점을 알았다
내게는 그걸 표현할 한국어가 없다
식민지 언어만 있다.
energetic commotion of liberation.
power more free than freedom.

메디슨 호텔

—하노이-서울 시편 4

새벽에 일어나 창문을 여니
경사진 지붕 위로 비가 내린다 메디슨 호텔 건너
렉스 호텔 지붕 위로
비도 경사져 내린다
프랑스 식민지
시절은 얌전하다 무궁화 다섯 개짜리
으리번쩍한 호텔은 아니고 품위와
길이 문을 문이 길을 이따금씩 가로막는
프라이버시의 장급 여관쯤 된다
밤중에 에어컨이 꺼졌었다
프랑스 본토 출신 아니면 통역 잘하는
부잣집 가문이 좋은 시절 보내던
결탁도 이젠 얌전하다
습기가 으슬하지만 이곳에
1월의 서울 강추위는 가능성이 없다
1월의 하노이에 장마비도 가능성이 없다

나도 경사져 내릴까
잠시 식구들은 잘 있는지. 일본 그리고
미국도 잘 있는지.
식민지가 위태하다
경사진 지붕 위로 비 내린다
메디슨 호텔 건너 렉스 호텔 지붕 위로
비가 경사져 내린다

팅, 꿍, 랑, 쉥, 죵……
아직은 베트남어 발음을 옮기지 못하겠다

공습과 기억

—하노이-서울 시편 5

내게는 공습 받은 기억이 없다 6·25
사진이 있고 역사가 있지만 너무 참혹해서
일상이 되지 못했다
내게는 공습의 공포가 없다, 웃기지 마라,
공습 받은 기억이 있는
아버지 덕에 집은 평온했다

하노이에도 공습 받은 기억이 없다
너무 가까운 까닭이다
사진이 있고 역사가 있고 기념관도 있지만
그보다는 공습과 부모가 더 가깝고 그보다는
부모와 자식이 더 가깝고 그보다는
삶과 가난이 더 가까운 까닭이다

납작한 2층이거나 3층이거나 아니면
옛날인 채로 날림이거나

허허벌판 살림집은 늘 폭격맞은 듯, 건설인 듯하다

3중주
—하노이-서울 시편 6

고고학 발굴 자료와 민족해방운동이 어울린
프랑스 루이 나폴레옹 제국풍 민족사박물관 앞에서
미세스 호아는 관광 가이드 아줌마처럼 서 있다
더 분명하지만 그만큼 더 애매하기도 한
근엄한 역사의 공자묘 앞에서도 미세스 호아는
관광 가이드 아줌마처럼 서 있다

하노이의 햇빛 쨍쨍한 야외를 즐기기 위해 만든
지금은 차이니스 레스토랑 간판 입구 앞에서
늙고 검게 찌든 얼굴의 시인 듀앗은
두손을 모두어 치켜들고, 환호하며
동지들을 맞듯 남한의 작가일행을 맞았다
열렬히, 만면에 웃음을 띠며 그는
혁명의 열기를 증거했으나
혁명의 열기가 주책으로 되어버린
남한의 시대도 증거했다

'베트남 사람들은 손님 대접이 후하지. 사실 물산도 풍부한 나라고…… 더군다나 외국 손님 접대는.'

밝지도 어둡지도 화려하지도 누추하지도 않은
붉은색 간이 공연장과 커다란 식탁이 놓인
차이니스 레스토랑 안에서는 풍성한 음식과
미녀 가수와 남한 노래방 유행가를 아는
소규모 연주단을 대기시키고
베트남 작가동맹 위원장 휴틴이 앉아 있다
체 게바라 같다
그는 대령 출신이다. 아니 하노이에서는 모든
군 출신이 체 게바라 같다. 헐벗은 예수의 체가 아니라
육덕(肉德) 부처의 체 게바라
그가 베푸는 술은 메트 모이(met moi),
호밀로 만들었고 꽤 독하지만 숭늉 맛이다

나의 민족주의는 여기서 끝나지 않는다

'Korea風' 연회가 끝나자 미세스 호아는 신세대
오토바이를 타고 헤드마스크를 쓰고 붕붕,
인적이 드문 곳에서 술꾼들이 흥청대는
구역으로 사라진다. 언뜻, 어깨가 들먹댄다.
기혼의 그녀를, 베트남의 살림을 따라가고 싶었다

미안하고, 비 오고, 아름다운 날

하롱 Bay로

—하노이-서울 시편 7

바다와 섬들이 이룬 절경
하롱 Bay는 베트남 북서부 Quang Ninh

'그리로 가려면 미끄러지듯 내리닫이 붉은 지붕과
붉은 강과 낡은 철교를 지나야 하지.'
흙먼지 날리는 신작로길 수천 킬로 떨어진 물소들과
수십 년 찌그러진, 키 큰 트럭들과
어디나 똑같은 똥개들과
맘씨 좋은 십장, 호치민 아저씨와
비슷한 마을 주민과 주민의 심성을 지나야 한다
마을마다 무명용사기념탑과 오래된 무덤자리
어디에나 있는 땟국물 찌든 아이들을 지나야 한다

'나라에 위기가 닥치니 어머니용과 자식용들이
그곳에 도착, 영영 머물며 나라를 지킨다.' 아름다운
하롱 Bay는 1,553평방 킬로미터 섬 1,969개

전쟁의 수도 하노이 사람들에게
아름다움은 운명이다
2만 년 전 원주민이 살던
구석기 말, 신석기 초부터
Soi Nhu, Cai Beo, Ha Long
3대 문화가 이어질 때부터
하롱 Bay, 아름다움은 몇 시간만 걸리는 운명이다
과거의 권위와 미래 전망이
겸손하게 만나는
호치민 기념공원은 운명이다

하롱 Bay, 아름다움은 역사고 운명이다

하롱 Bay

―하노이-서울 시편 8

1인당 5불씩을 내고 4시간짜리
하롱 Bay 순회선을 전세 냈다
점심은 꽃게찜 삶은 새우가 풍성했다
옥색 바다는 섬을 감싸며 편안하다
섬은 좌우로 혹은 면전에서
불쑥 다가와 괴물처럼 뱃머리를 놀래키지만
가까이 갈수록 섬 뿌리를 깎아내며
고통을 감싸는,
격랑도 이리
편안하지, 바다 위에 섬, 섬들 사이
바닷길은 망망하고 아름답고
망망할수록 아름답고
마침내 고단한 삶이 이토록 아름다운
정상(正常)의 생애를 펼쳐낸다
오, 톨레랑스(tolérance)
바닷속은 보이지 않고

끔찍함도 기미가 없다
출렁대는 표면에 소라 고동
해산물을 파는 거룻배 동력선들이 분주하다
'배를 움직이는 꿈쩍 않는 아비지와
여린 두 팔을 쳐들며 사달라고 애원하는
아이만 있군. 어머니는 집에 있을까?…… 아니,
죽었을지도 몰라. 전쟁이니까.'
바다는 아름답고 슬프다가
마침내 슬픔이 이토록 넉넉한
길에 도달한다
Thien Cung Grotto
조개껍질이 쌓인 석회암 동굴. '우린 여기서
해적질이나 했으면 딱 알맞겠군.'
'그게 맘대로 되나. 정말 하려면 반은 해적,
반은 인질이 돼야지. 그래야 돈도 오고……'
순회선 갑판이 출렁댄다, 너무 얕다

하노이 가슴에 하롱 Bay 출렁인다

'프랑스 놈들이 여기 아까워서 어찌 내줬으까.'
'아, 아름답지 물론. 1994년 유네스코 세계자연유산에 등록되었다는데.'

다시, 하노이로

—하노이-서울 시편 9

돌아오는 길은 하롱 Bay, 눈물 고인다
낡은 10인승 승합차에 몸을 싣고
돌아오는 길은 하롱 Bay, 조선식으로,
비가 숲을 검게 하고 호수를 빛나게 하는
시골의 영롱한 장면처럼

창 밖은 일찌감치 어둠이 깔리고
전력이 부족한 하노이 외곽 마을에서는
그 밖에도 밤이 무언가를 포옹하며 내리는
모습을 볼 수 있다
사회주의도 자본주의도 없다

하노이 가까울수록 간절하다
하노이에 도착해도 후줄근한 70년대 신촌
변두리까지밖에는 가지 못할 것이다
그것을 귀향이라 할 수는 없을 것이다

그런데, 왜, 간절한가?
그것은 내가 30년 전에 못 가보았던 길이다
공포가 없는 길이다

전쟁이 끝나고 마침내 사람들의
마을이 밤을 식구처럼 포옹한다
아, 이, 안온과 경건

돌아오는 길은 하롱 Bay, 눈물 고인다

Van Nghe 신문사

—하노이-서울 시편 10

'베트남 국민들은 시를 좋아하지요.'

시집이 잘 팔리는지는 몰라도
10만 부를 찍는 Van Nghe 신문사
편집장의 말은 내게
불길하다

'김소월 시대군, 아직 멀었어.'

그렇게 남한에서 시를 쓰는 내 마음이
70년 넘게 패배주의적이다
다 보인다, 곧 영화와 TV 대중문화, 그리고
멀티미디어의 시대가 온다, 아니 벌써 왔다 시는
베트남에서 더 전근대적인
시대를 맞고 있다

'정초에 작품이 실리면 대략 6개월치 월급에 해당되는 고료가 지급됩니다.'

시는, 자본주의를 관통할 수 있을까?
관통하는 시는 대중을 잃고 잃지
않으려면 전근대에 필사적으로 목을 매달밖에 없는
비애를 극복할 수 있을까?

오, 비애. 그렇다 베트남 하노이에서는
일본풍과 중국풍 그리고 한국풍이 모두 천박할망정
비애보다는 덜 천박하다

슬픔의 키가 슬픔의 참혹을 다스리는
시의 길은 있는가
그렇게 유통이 생산을 착취하고
형식이 내용을 억압하는 포스트모던의 시대를

벗는, 교정하는
시의 길은 있는가?

문학과 출판이 희망이었던 6 · 25 전후
50년대 정음사 편집부 분위기와
사회주의적 문학의 권위를 오랜 자개장으로 뒤섞은
Van Nghe 신문사
창문 밖으로 어지럽게 펼쳐지는

번잡하게 흥청대는, 가난하게 서울을 닮은
하노이 야경의 표정이 그렇게 물었다

그렇게 나의 패배주의가 떠내려갔다

세대와 가족

—하노이-서울 시편 11

아흔이 가까운 소설가 쒼쿼렝, 그는 유명작가로 활동하다가 일본 제국주의에 맞서 펜 대신 총을 든 베트남 문학 제1세대다. 꼭 삼십몇 년 전 돌아가신 외할아버지를 다시 만난 듯해. 마포 건어물 장사를 세우느라 대꼬챙이 청천벽력이셨지만 손주들에게는 그지없이 자상하던. 그 외할아버지가 저승에서 한 삼십 년 더 부하고 너그러워지신 듯한……

일흔을 훌쩍 넘긴 여성 수필가 콴랑예. 그녀는 기대주로 각광받다가 프랑스 제국주의에 맞서 펜 대신 총을 든 베트남 문학 제2세대. 이십 년 전 그 나이로 돌아가신 외할머니를 다시 만난 듯했다. 마지막 궁궐 나인 출신으로 성질 급한 남편을 만나 인고 평생의 인자한 주름살과 속이 비치는 살갗, 천년의 미소를 지닌 채 돌아가셨던 그때 그 모습으로. 마치 죽음은 정지일 뿐, 무색무취일 뿐, 그 이상의 의미는 없다는 듯이.

이 혼동은 혼란스럽지 않고, 풍성하고
육체가 분명하다
역사도 그렇고 가족도 그렇다.

아, 도대체 어떻게 얼마만큼, 어느 정도로 싸웠길래…… 일상보다 더 일상적으로 될 수 있었을까.

모처럼, 주눅이 편안하다.

일흔을 바라보는 시인 츠뤼종은 미국 제국주의에 맞선 베트남 문학 제3세대다. 그는 정식 회의석상에서도 코가 술중독으로 새빨갛다. 주정도 곧잘 하고, 울화도 있어 보인다. 남한의 작가회의 술자리에 와 있는 듯하군…… 이, 착각은, 왜?……

마흔을 갓 넘긴 탕상롱은 다재다능한 신세대, 제4세대다.

이름들은 정확한가?
아직도 베트남어 발음을 제대로 옮기지 못하겠다.
환각은 아니다.
발음은 무거운 생이, 환호작약하듯 명랑하다.

Bao Ninh 집

—하노이-서울 시편 12

너무 말짱해서 난해한

대낮의 인사동 술집 골목 어귀에

여전히 빨치산 턱수염의 Bao Ninh은 서 있다, 서울에서도 그랬었다

그는 세계적인 작가고 나는 한국에서도 별볼일 없는 시인이지만,

밤에는 술을 주체하지 못하고 낮에는

맨정신을 주체하지 못한다는 점에서는 같다

(그러고 보면 그는 전인권을 닮기도 했다)

그는 전설적인 전투부대의 생존자고

나는 군대 삼 년을 고문관으로 때운 처지지만

술 취해서는 그도 나도 베트남과 남한을 구분 못 한다

베트남 사회주의 정권에게는 다소 찍힌,

그러나 솔찮은 인세와 베트남의 싼 물가 때문에

부유층인 그의 집은 좁고 높은, 종루 5층집이다

1층은 손님 접대용 2층은 어여쁜 아내가

3층은 아들이 4층은 어머니가 산다 아니 어머니는
박혀 계시다 유구해서 아름다운 역사처럼. 그리고
5층, 집필실에 banh chung 혹은 bahn tet를 비롯한
여남은 가지 음식
50인분쯤 정사각형으로 깔고 여남은 우리 일행을
그 주변에 빼곡빼곡 앉히고 나서야
이제 안심이 된다는 듯
그가 비로소 혼미(混迷)를 탐하기 시작한다
시간이 어긋나 공항에서 미아가 될 뻔했던 그는
신촌 술집거리가 사이공과 비슷해 싫다고 했다
'하노이가 좋아, 난. 음식조차 좀 정치적이긴 하지
만.'

……

술은 좀 취했지만 점심이라 역시

너무 말짱해서 난해한
대낮의 인사동 술집 골목 어귀에
Bao Ninh은 서 있다, 그래 배웅할 때도 그랬다
한국 가봐야 별볼일 없는 분, 특히 여자분
여기 남아 살아라, 나랑 살자, 그는 그랬다
저 한국으로 데려가실 분은 없나요,
그의 예쁜 아내는 그랬다
일행을 태운 승합차는 인사동 골목을 빠져나와
하노이로 들어섰다 아, 하노이가
인사동보다 낯익고, 그게 오래되고, 그게 당연하다

인민위원회

—하노이-서울 시편 13

Bac Ninh 인민위원회
부위원장은 여자다
'위원장께서는 갑자기 일이 생기셔서……'
그랬지만 위원장이 당연히 남자일 거라고
생각하는 게 갑자기 당연하지 않고
당연한 내가 부끄럽고 당연하지 않은 내가
어느새 자연스럽다 못해 장하게 느껴지는
아니, 당연하지 않은 내가 당연한 나를 참회하는
Bac Ninh 인민위원회는 확실히 내,
반공드라마의 폐부를 쑤시는 바 있다

그녀는 의학박사. 당돌한 처녀 의사로 인기를 끌다
총을 들고 민족해방전선에 뛰어들었다. 당연하다.
그녀는 혁혁한 공을 세웠다. 당연하다.
그녀는 40대 초반, 전쟁의 목표가 아름다움을 훼손
하지 않고 적당히 단련시켰다. 당연하다.

이루어진 것은 모두 당연하지
이겼다는 말보다 끝내 물리쳤다는 말이 더
감격스럽다. 하여,

그녀가 지시봉을 들고 설명하는 Bac Ninh
개발 투자유치 계획도는 식상한 지도지만 또한
내가 아는 70년대의
폐부를 찌르기도 하는 것이다

'베트남 음식이 갈수록 입에 맞아. 그런데
이 생선은, 잉언가, 아니면 메기?'
따질 것 없다
베트남의 잉어거나, 베트남의 메기겠지.
베트남, 하노이와 그 주변에서는
모든 것이 낙관적이고, 그것은 세계 최초다
'세계 최초'는 또, 대한민국 구청에 온 생각을 들게

하지만.

Quan ho Bac Ninh

—하노이-서울 시편 14

Quan ho는 환호다 Bac Ninh 지방 농민의
전통민요다 성스러운 남녀상열지사다
예술극장은 국제적인 명소다 때때로 대중공연이 없는 날은
외국사절들을 위해 관람객보다 연행자가 더 많은
특별공연이 벌어지기도 한다
그날도 그랬다 'Quan ho는 환홉니다, 연행이 끝날 때마다 꽃다발을 한 사람씩 안겨주십시오.'
공연은 좋았다 80이 넘은 여가수의 창법이
녹슬지 않고 흐리지 않고
300년 베트남 농민의 떨림이 콜로라투라보다 쩡쩡해서
까닭 모를 슬픔이 또 슬픔의 키에 달했다
해금, 대금, 대북(여자), 수금에 기타 소리가 어울려
이국풍이 완연하지만 좀더 민중이 위풍당당한
한국의 국악을 듣는 듯도 하였다

남녀를 번갈으며 이어진 Quan ho는
정말 한국민요를 연주하면서 잠시 쉬어갔지만
탤런트보다 날씬한 여자 가수-춤꾼의
한 팔 부채로 다른 팔 소매를 길게 내리긋는 고혹의
복종을 동시 반복하는 권주가에서
남녀상열의 슬픈, 봉건적인 극치를 이루었다
그날의 대표 꽃다발은 그녀에게 돌아갔다

'어허, 국빈 대접을 받았네.'
그런데, 퇴장하는 가수들의 뒷모습이 왜 이렇게,
어딘가 시큰하지, 감동과는 무관해서 더욱?

아하, 베트남 민속예술단 늙은 Quan ho 가수들은
번호판 붙은 초라한 방 하나
낡은 화장대 자크 달린 간이식 옷장에 소속되어 산다
60년대 시멘트 세면대 홈통으로 오줌과 개숫물이 함

께 흐른다

손님을 기다리는

이 장면은, 아하, 슬프다, 하노이, 하노이

이름도 슬프다

Ly Bat De 사원
—하노이-서울 시편 15

Ly Bat De는 '여덟 명의 이씨 왕'이라는 뜻이다
1010년 고려 출신 이공원이 한반도를 떠나
그는 해상으로 나는 공중으로 이곳에 도착했다
이공원은 자신을 Ly Thai To라 칭했는데 '이태조'란 뜻
베트남의 이씨 왕조는 8대 왕까지 이어지다가
1225년에 망했다 조선의 이씨 왕조는 1392년부터 시작,
내가 보기에는 1592~1598년 임진왜란 때 망했지만 또 달리 보면
아직도 끝나지 않았다 문제는 역사가 아니라,
현재의 혼돈이고 혼돈의 수백년 폭(幅)이
완고하고 무섭게 낡은 Ly Bat De 사원의
거대한, 갈라진 목조입상들을
오늘처럼 친근하게 한다는 것이다
입상들은 분명 오늘의 신비와 난해를 증거한다

모종의 블랙홀과 블랙홀의
모종의 질서도 증거한다
'조선 왕조의 오얏 이씨는 아녀, 화산파 이씨지.'
Ly Bat De 사원은 곧이은 Tran 왕조 초기에 지어져
'여덟 명의 이씨 왕'에게 바쳐졌다
그것도 이상하다 '패망은 아니고
멸망이었던 모양이군.'
패망 아닌 멸망의 역사가, 있었다, 있다 '축제 때는
여덟 명의 이씨 왕 입상들을 Cho Phap 탑으로 옮기죠.
이공원이 동자승으로 있던 곳입니다.'
제의와, 게임이 어울린다 이상하게 이상하지 않다
아니, 이상하지 않게도 이상하다 이씨 왕들의 '영웅적
업적을 기리는……' 체스게임은 장엄하다. 승자는 장엄한
행렬로 사원을 세 바퀴 돌고

신들에게 감사를 고한다
이런 헛것을 보았다 역시 내게 여행은 무리야……

귀국할 때가 되기도 했다

회담과 서명, 그리고
—하노이-서울 시편 16

어제는 같은 방을 쓰는 시인 고형렬과 소설가
최인석이 격렬하게 싸웠다 에어컨 고장난 게 니 탓
이다 네 탓이다, 착한 사람 뽑기대회라면 각 장르
대표로 적당할 분들이, 어찌 그리 사소한 걸로 격렬
하게 싸울 수 있는지, 재밌다고 소설가 김인숙이
시절 놓친 꽃처럼 허허 깔깔 배를 움켜쥐고 발을 굴
렀다

그리고 오늘은 정상회담과 합의서
서명식이 있는 날이다
식은 사회주의적으로 거창할 것이다

이문구는 신흥공업국, 혹은 전자산업국의 농촌소설가
공식행사에 좀체 어울리지 않는
아는 것 많고 불평 많고 맘씨 넉넉한 촌사람이다 휴
틴은

젊음을 게릴라 투쟁에 장년을 사회주의 건설에 바쳐
투쟁과 건설이 서로를 적당히 살찌운 시인이다

이문구는 6·25 빨갱이 자식 으로 남한에서 살아
생존하기에 적당한 노릇이 소설가라 했고
휴틴도 물론 파란만장한 생애였지만
휴틴의 파란만장이 이문구의 파란만장을
제대로 이해할 수는 없을 것이다 소설을
읽어도 마찬가지다
약소민족과 시인과 소설가의 운명을 넘어
휴틴은 전쟁의 참혹과 분노를 강요당했고
이문구는 유년의 기억과 생계의 생애를 강요당했다

그 둘이 정상회담을 한다 휴틴의 관심사는
한국의 과거보다는 베트남의 미래다 당연하다
이문구의 관심사는 북한과 다른 베트남의

관용정신이다 그렇다, 베트남 전쟁은 한국군이 포함된

미군측 잔혹행위가 유례 없지만

종전 후 승자가 패자에게, 전사가 배신자에게 보인

관용은 더 유례 없다

전쟁이 습관이 되면서 어느새 관용도 습관화한 것일까

이쯤에서 서로 통하는 것 아닐까?

이문구는 끌어안으려 했고 휴틴은 그보다는 앞을

내다보는 일이 급했지만

이쯤에서 서로가 서로를 알아본 것 아닐까?

조인식은 호치민 사진이 걸린 붉은 벽을 배경으로

베트남 문학의 4대(代) 대표들이 모인 문학동맹

대회의장에서 예상대로 성대하게 열렸다

양국 국기가 X자로 서로를 의지한 기나긴 탁자 위에서

이문구와 휴틴이 공동합의문에 서명을 했다

무슨 파카 만년필처럼
케네디나 닉슨처럼 그리고 붉은색의
사회주의처럼, 브레즈네프는 아니고 약간은 모택동
처럼
이상하지. 베트남은 소련의 지원을 받았고
중국과는 잠시 전쟁도 치렀는데
소련이 붕괴된 러시아에서는
니네 나라 돕느라 우리가 쪽박 찼다고 몰매맞는
베트남 출신 유학생들이 자주 목도된다

그게 걸렸을까, 한국측이 마련한 점심 만찬에서
나는 폭탄주를 만들어 베트남 문인들에게 권했다
'남한에 미군이 주둔하지만 이것 하나 쓸 만하지
딴 건 도무지 도움이 안 되는 놈들야.'

합의서 내용이 좀 미안하다 사과가 아니라 상호 유감 표명이었으니. '식민 지배 체험을 공유한 한국과 베트남 양국 사이에 적대행위가 있었던 점을 유감으로 생각한다 향후 가능한 양국 사이 어떠한 적대 행위에도 반대한다……'

그게 좀 걸렸을까? '우린 정부가 아니잖아. 그리고 작가회의 회원 대부분은 월남 파병을 반대했었고.' 그렇게 얼버무렸지만, 그게 걸렸을까?

편안하게 길을 잃다-아침

—하노이-서울 시편 17

행사 벗고 길을 나서니 나는 하노이 시민이다 생김
새와
외모가 베트남 민족인 것 같기도 하다 아무도
시클로도 헌 아오자이 차림의 노점 행상 여인들도
나를 호객하지 않는다 아침 요기 분주한 낮은 걸상의
Con Po, 타이어 펌프집은 그보다 한가하고
펌프는 어딘가 모르게 조금 내팽개쳐져 있고
노름꾼들은 사회주의라 그런지 혈안보다 편안하다
밤이 더 분주했던 찜닭집은 아직 문을 열지 않았다
시장통에 아이들 빼곡한 교실은 누군가의
유년의 기억에 방공호를 파놓은 듯 아니 그보다는
억척스러운 쪽이지. 요기라…… 생선국에 짙은
오렌지껍질맛 향료를 섞은 베트남 특유의 음식 맛도
이젠 회를 동하게 한다 남한에서 수출한 프라이드
개조형 택시들이 수출보다 더 오래되어 보이고
화폐가치가 원화의 1/10밖에 안 되는 동화는

어제 있은 통화개혁 같으다

아니 이 비유도 미흡하지. 물가가 딱 1/10밖에 안 되니까

동화 만원이면 한화 만원의 위력을 발한다

그래, 역사가 단지 뒤늦게 비교될 뿐 아니라

우리는 어제의 오늘을 보게 된다

내일의 오늘이 아니다

왔던 길도 가야 할 길도 아닌 그 중첩 속으로

비로소 길이 나고 나는 그 속으로 기분좋게 길을 잃는다

'건물마다 붙은 번호판이 너무 크다. 좀 수용소 같잖아.'

그 말을 뒤로 떨구고 길을 잃는다

편안하게 길을 잃다-밤

—하노이-서울 시편 18

서울은 예년보다 훨씬 추운
강추위라는데 출발을 하루 앞두고
만끽하는 하노이의 밤은 후텁지근하다
못이 빠진 것도 아닌데 삐그덕거리는
의자에 앉아 우리는 변변한 안주도 없이 Bao Ninh과
깡맥주를 백 개 넘게 마셨다. 베트남 산
타이거 맥주는 유순하다. 전쟁의 슬픔을 겪은 전사
Bao Ninh은 헤어질 생각에 벌써 풀이 죽었다
통역을 맡은 그의 아들은 신세대답게 경제학과를
택했다, 잘한 거라고, 소설만 써갖고 니 아버지
술값 감당이 안 될거라고, 농담을 했더니 나도
풀이 죽는다. 아들이 성공을 하면 아버지는 정말
소설만으로는 먹고살기 힘든
세월이란 뜻일 거라는 생각이
대책 없이 닥쳐온다 준비 없이 떠나온 여행처럼
밤은 방향감각을 잃고 후텁지근하고 Bao Ninh이

패잔병처럼 지쳐 퇴장하고 나서도 한참 동안
우리는 유순한 술과 1/10밖에 안 되는 물가와 더 값싼
하노이 야경을, 국적도 없는 슬픔을
즐겼나, 아니면 길을 잃었나? 새벽 두시 통금은 없
지만
자그마한 환상의 영화세트인 듯 인적이 사라지고
시클로들이 지들끼리 구사하는
베트남 말은 암구호 같고
'메디슨-렉스 호텔은 어디로 가면 되지?' 줄잡아
두 정거장도 안 되는 길을 조직적으로 따돌리며 3류
양아치 같은 몰골이 '(스)목, 마리화나?' 하는 게 살
벌할 뿐 별로 위협도 되지 않고(술 취했나?)
걸었다, 오기로, 편안하게, 길을 잃었다

주소

—하노이-서울 시편 19

떠나는 날 아침
마침내 도착했다 과거의 권위와 미래 전망의
만남이 다시 죽음의 경건한 일상과 만나는
호치민 묘지를 지나
변방 귀부녀 용모를 얌전하게 태운 여주인의
소수민족 수제 편직물 기념품점 Hai Linh
보라, 주소가 시행을 이룬다

27 Ong Ich Khiem tel 04)7 · 331555
8R. Nguyen Thai Son 3 Precinct-Go Vap Dist., Ho Chi Minh City
Tel 08)8 · 955742-09160 1136

상공에서

—하노이-서울 시편 20

서울발 비행기가 하노이에 도착할 즈음 창문 밖 구름
아래로 위험한 지도가 편안한 산맥이 되고 은하수가
사람 냄새 물씬한 강이 되고 정겨운
마을이 되는 풍경을 바라보며 아 이런 곳에서 어떻게
반제국주의 100년 전쟁이…… 그것도 승리를……

그랬었는데 하노이발 비행기가 뜬다 오후 두시
듀앗이 준비한 전통 대잎 도시락은 실하지만 '통관이
될까. 검역을 할 수도 없고 말야.' 도시락은 도시락이
지만 나는 정치적, 이란 말이 아까워서 까먹지 못하고
여행배낭 속에 꽁꽁 쟁여놓으니 밀수꾼이 따로 없다.

하지만 이젠
알겠지. 정겨운 마을이 편안한 산맥이 되고 사람 냄새
물씬한 강이 위험한 지도가 되는
이륙하는 상공에서

정겨운 것은 얼마나 아픈 것인지 물씬한 것은 얼마나
슬픈 것인지.

……

구름 위에는 길이 없고
구름 밑으로 어느새 서울의
야경은 보석 다발처럼 화려하고
화려한 것은
얼마나 죄많은 것인지.

다시, 공항

—하노이-서울 시편 決

초가을 복장으로 김포공항은 너무 춥다 헝그리 복서의

펀치처럼 온몸을 파고든다

냄비 탓할 것 없지

하노이에선

만원을 10만원인 듯 아껴 쓰다가 너무 추워

모범택시를 타니 당산동 내 집까지 1만5천원이 넘는다

그래서 듀앗이 도시락을 싸줬구나, 밀수한

도시락을 푸니 잘 다진 돼지고기와 쌀밥이

떡처럼 입맛에 맞다

식구들도 동감이다

굿바이 하노이, 내 몸 속에 꼭꼭 숨어라

소리의 평화*

—하노이-서울 시편, 그후

이곳은 나의 땅
귀를
황금빛 벼이삭으로 서걱이게 하는 바람소리
바람,
소리는 나의 영혼
고요를 존재케 하는
흔들림
향기는 소리의 의상

그러나 매향리
향을 묻은 마을
소리는
고막을 찢는 데시벨
허리보다 낮게 날며
고막의 전신을 찢는
미공군 F16기의 기총소사

베트남이거나 남미거나
아니면 나의 땅, 광주거나

듣는가 생애보다 거대한 경악의
포탄 소리를

보는가 몸보다 거대한
포탄의 껍질을

소리의 세계가 스스로 아비규환을 이루는
이곳은 매향리, 나의 땅
소리여 찢어지는 소리의 몸
소리여

그러나 내 말은 나의 세계

내가 말한다
나의 세계는 나의 말
내가 말한다

보아라 오늘 철의 누더기가 일어선다
일어서라, 쓰러진 자
소리의 누더기가 소리의 예술을 세운다
널리 울려퍼져라, 소리의 평화

응집하라 무한 데시벨과 무한 공포와 균열의 균열과, 눈물의 눈물과
일어서라, 오 소리는
나의 격동하는 평화

소리가 음악이 될 때까지
음악이 평화가 될 때까지

고막이 음악의 고향으로 될 때까지

* 위 시는 2000년 10월 20일 올림픽 공원에서 열린 반(反)ASEM 집회 중 임옥상 화백의 매향리 조형물 〈자유의 신 in Korea〉 헌정 행사 때 한글과 영문 1연씩 번갈아 낭독된 것이다.

잃어버린 시적 정의를 찾아서

시는 내 문학의 원인이자 결과다.
—「자서」, *『김정환 시집 1980~1999』*(1999)

여전히, 시는 내 문학의 원인이자 결과다.
—「자서」, *『해가 뜨다』*(2000)

김수이(문학평론가)

김정환은 등단 20년을 결산한 시전집과 그 다음 시집에서 "시는 내 문학의 원인이자 결과다"라고 쓴다. 김정환은 시 자체의 특성이 아닌, 자신의 문학세계 내의 구조적 위상을 통해 시를 정의한다. 그에게 시는 문학의 뿌리이자 열매이며, 기원이자 종착점이다. 시는 김정환의 다양한 차원의 글쓰기를 수렴하는 상위 기관과도 같다. 시에 대한 그의 정체성 선언에는 '모종'의 이의 제기도 함께 들어 있다. 김정환의 이의는 자신을 시, 소설, 희곡, 비평(문학 문화 미술), 번역 등 '전방위적 글쓰기'의 예외적 대명사로 분류하는 시각을 향한다. 이상하게도 문학의 내용물보다 외적인 사실이 더 강조되는 사례들이 있는바, 김정환은 가장 대표적인 경우에 속한다. 김정환은 자신의 문학의 뿌리가 시임을 역설하면서 장르의 경계를 마치 국경처럼 사수하는 한국 문단의 편집증적 고착에 불만을 표한다. 실제로 시인, 소설가, 비평가, 번역가 등의 1인 다역은 특별한 재능을 넘어 하나의 일탈로 취급되며, 여러 장르를 넘나드는 글쓰기는 자주 깊이와 무게를 의심받는다. 하지만 장르의 엄격한 통제는 문학의 존재방식에 대한 근거 없는 편견의 산물일 뿐이다. 현대 문학사의 전개 과정에서 생겨난 이 기이한 불문율은, 예술의 경계가 유연해진 오늘날에는 버려야 할 유습에 불과하다. 문학의 자유와 다양성을 말하면서 문학 생산 경로의 다양성을 제한하는 것은 명백한 모순인 까닭이다. 약간의 비약을 동원하자면, "시는 내 문학의 원인이자 결과다"라는 김정환의 시적 정의(定義)는 경직된 문학 풍토에 대한 성찰과 함께 우리 시대의 소외된 시적 정의(正義)를 환기한다. 시의 바깥을 떠도는, 말없는 시적 정의(poetic justice)!

현실의 부정성에 맞서는 시적 정의는 태생적으로 불화와 균열의 산물이다. 현실의 안과 밖에 두루 존재하는 문학은 현실에서 추방당한 시적 정의의 최후의 망명지이자 재생의 장소가 된다. 안타깝게도 오늘날 시적 정의는 현실과 문학의 바깥을 무력하게 배회하고 있으며, 그 사실조차 자각되지 않고 있다. 이는 역사적인 문제이자 문학사적인 문제이다. 지난 1980년대가 현실에서 추방된 '시적(詩的) 정의(正義)'를 치열하게 사수했다면, 90년대 이후는 욕망과 환상 등의 개인의 '사적(私的) 정의(情意)'를 옹호하는 데 몰두하고 있다. 두 시대의 역사적 문학적 불연속은 시적 정의의 행방의 문제와 직결된다. 80년대에 시적 정의는 거의 텍스트 속에서만 실현되었고, 텍스트 밖으로의 현실화 통로를 차단당했다. 그 결과 90년대 문학은 억압의 해체를 '텍스트의 해방'으로 대체하면서 다양한 군소 담론과 문법을 만들어냈다. 그러나 이 활발한 복원의 과정에서 매우 중요한 것을 유실했다. 80년대에 폭력적으로 억압되었던, 타자와 더불어 살아가는 인간의 삶에 관한 시적 정의가 그것이다. 현재 우리 문학은, 김정환이 즐겨 쓰는 단어를 빌리면, '모종'의 시적 정의의 이중의 추방 상태에 놓이게 되었다. 현실과 역사를 수정하는 시적 정의가 현실에서 문학으로, 다시 문학의 바깥으로 유폐된 것이다. 혹은, 연속된 추방과 망명으로 현실과 문학의 '새로운' 바깥이 만들어진 것이다. 이 모종의 바깥에 우리 시대의 집 잃은 시적 정의가 은거하고 있다.*

민족과 역사의 고통을 분담해온 김정환의 시는 당대의 잃어버린 시적 정의를 찾는 고투로 요약될 수 있다.

---

* 물론, 90년대 이후의 문학이 줄곧 망각의 길만을 걸어온 것은 아니다. 포괄적 인간주의를 노래한 시들, 후일담소설, 몸과 일상의 담론들은 기억과 복원의 의지를 발휘했다. 하지만 이 노력은 망각의 욕망에 비하면 미약했다. 기억과 귀환의 의지는 죄책감과 내면 발산의 욕망에서 싹텄고, 생산적으로 승화되지 못했다. 90년대 이후의 문학에는 전(前)시대에 대한 망각의 죄책감을 상쇄하려는 무의식적 욕망과 이탈의 욕망이 스멀거리고 있다. 다르게 말하면, 그 동안 우리 문학에는 굳건한 신념을 지키며 역사의 변혁기를 헤쳐온 작가들이 드물었다. 작가들의 대다수는 현실의 변화를 존재와 세계관의 개조의 필연성으로 일직선적으로 파악했다. 변화의 필연성은 거의 강박적으로 수용되었고, 지속의 미덕은 쉽게 잊혀졌다. 하지만 이 경우, 변화란 '다른 곳으로 가야 한다/가고 싶다'는 이탈의 욕망과 다름없었다. 90년대 이후의 문학은 이 이탈의 욕망에 너무 많은 것을 헌납했다. 이런 연유로, 자신의 신념을 지키면서 파란의 시대를 굳건히 헤쳐온 문인들은 더할 수 없이 귀중한 존재들이 아닐 수 없다. 쉽게 작성하기 힘든 이 목록에, 우리는 기꺼이 김정환의 이름을 적어넣을 수 있을 것이다.

김정환의 여정은 1980년대와 그 이후의 역사적 문학적 변화 속에서도 한결같이 지속되어왔다. 김정환은 현실의 변혁에 대한 확신, 자기 갱신의 열정으로 한 길을 걸어왔다. 『지울 수 없는 노래』(1982), 『황색 예수전』(1983, 1984, 1986), 『좋은 꽃』(1985), 『기차에 대하여』(1990), 『순금의 기억』(1996), 『해가 뜨다』(2000) 등의 시집들은 그간의 사정을 세세히 증언해 준다. 김정환이 이번에 출간하는 『하노이-서울 시편』 역시 평생의 신념을 재확인하는 자기 증명의 작업이다. 김정환은 가까운 과거사를 '베트남' 이라는 구체적 상징적 공간에서 현재화하면서 1980년대에 이어 현실의 바깥으로 또 한번 추방된 시적 정의의 복원을 도모한다. 그는 베트남과 한국을 하나의 시적 공간에 병치하여 우리 시대의 시적 정의의 행방을 묻는다. 실제로, 이 연작시집의 창작 동기가 된 '민족문학작가회의' 의 베트남 방문(2000)은 지난 시대가 신봉한 시적 정의를 반추하는 작가들의 현실적인 기념 행위였다. '기억하고 있다' 는 자의식의 확인이 가장 절실한 이유였을 작가들의 베트남 방문은 추방된 시적 정의를 찾는 한국 문학의 상징적인 행보였다고 할 수 있다. 한국의 작가들이 잃어버린 시적 정의를 찾아 베트남으로 간 이유는 무엇일까? 베트남은 한국 문학사에서 최근 실종된 시적 정의가 떠도는 '바깥'이며, 한국 역사의 치부가 고스란히 보존된 '내부'인 까닭이다. 수사적으로 말하면, 베트남은 한국의 은유이자 환유이며, 또한 아이러니이다. 베트남은 한국의 식민지 역사와 자본주의의 발전과정을 닮은 은유이고, 한국의 민중의식과 사회주의적 인식을 대체하는 환유이며, 한국이 미 제국주의에 편승해 유린한 같은 약소국이라는 한국 역사의 치명적인 아이러니다.

김정환은 『하노이-서울 시편』에서 한국의 은유이자 환유, 아이러니로서의 베트남을 노래한다. 베트남은 침략과 혁명의 역사, 사회주의의 신념, 가난했던 70년대의 한국이 혼재된, 한국에 대한 비동시적인 동시성의 현실 공간이다. 베트남은 한국이 서둘러 버린 '혁명의 추억'을 간직하고 있고, 한국이 아직 버리지 못한 전쟁의 상처를 청산하고 있다. 김정환에게 베트남은 제2의 한국이자, 한국의 과거와 현재를 투명하게 걸러주는 거대한 필터이다. 김정환은 베트남이라는 역사의 필터를 통해 당대의 한국 역사와 문학의 뿌연 전망을

산뜻하게 정화하고자 한다. 김정환은 먼저 베트남과 한국의 유사성과 차별성을 찾는 데 열중한다. 한국에 비해 베트남은 지저분하지만 더럽지 않고, 촌스럽지만 천박하지 않으며, 가난하지만 찌들어 있지 않다. 소박한 농촌에는 한국의 "가난했던 시절의/아름다운 전망"(「첫 논과 밭—하노이-서울 시편 2」)이 빛나고, 전쟁이 휩쓸고 간 도시에는 "살기가 아니고 활기"(「다운타운—하노이-서울 시편 3」)가 넘친다. "과거의 권위와 미래 전망이/겸손하게 만나는"(「하롱 Bay로—하노이-서울 시편 7」) 풍경들 속에는 "해체와 건설이 동시 진행되는" "'모종과 이중' 의"(「첫 논과 밭—하노이-서울 시편 2」) '세월' 이 펼쳐진다. 베트남은 한국의 과거와 현재와 미래가 총망라되는 살아 있는 역사의 박물관인 셈이다. 이런 맥락에서 볼 때, 김정환은 베트남으로 '간' 것이면서, 동시에 '돌아간' 것이라고 할 수 있다. 그는 베트남으로 '가' 면서 잊혀진 한국의 역사와 한국문학의 시적 정의로 '돌아간' 것이다.

그러나 남의 나라에서, 더욱이 우리가 짓밟은 나라에서 우리의 잃어버린 궤적을 찾는 "회고는 음탕하"다.(「대한(大寒)—하노이-서울 시편 序」) 김정환의 「하노이-서울 시편」 연작은 과거에 대한 '음탕한 회고'를 인정하면서 시작된다. 그에게 베트남은 음탕한 회고의 현장이자, 음탕한 회고를 반성하게 하는 현장이다. 베트남은 변함없이 살아 숨쉬는 "혁명의 열기를 증거"하면서, "혁명의 열기가 주책으로 되어버린/남한의 시대도 증거"(「3중주—하노이-서울 시편 6」)한다. '혁명의 열기'가 지속되는 베트남과 "혁명의 열기가 주책이 되어버린" 남한의 격차가 「하노이-서울 시편」 연작이 씌어진 결정적 동기인 것이다. "혁명의 열기가 주책으로 되어버린" 상황이 한국의 현실이 아니라면, 이 시집은 분명 다른 언어와 풍경을 갖게 되었을 것이다.

김정환은 우리와 비슷한 역사를 거쳐 다른 현재에 이른 베트남에서 "나의 민족주의는 여기서 끝나지 않는다"(「3중주—하노이-서울 시편 6」)고 선언한다. 이 문장은 묘한 낯설음을 느끼게 하는데(이 묘한 낯설음이 바로 우리 시대의 역사의 좌표일 것이다), 김정환은 한국의 과거와 겹쳐지는 베트남의 현재를 '모종과 이중의 세월'로 파악한다.

입간판이 지나간다 가난했던 시절의

아름다운 전망처럼

그래. 정말. 박정희 없는 60년대 혹은

반공교육 없는 70년대 같아. 냄새 숭한 빡빡머리 중고생 때

반공강연회에서 귀순간첩의 남파와 암약에서

드라마를 배운 나는

(……)

대학 4년 때 베트남

'패망과 해방' 이 겹치는 충격을 겪었던 나는

웬일인지 다시 군대 내무반 생활로 돌아와 있는

그게 지겹지만 운명인 듯 지겨움에 벌써 익숙해진

악몽을 꾸는 나는.

어쨌거나 그 세월 펼쳐진다 나무,

나무 사이로 첫눈 내리듯 논밭 펼쳐진다 공습의

흔적이 사람의 흔적으로 군데군데 묻어나는 하노이 외곽로

해체와 건설이 동시 진행되는 2차선 도로가 펼쳐진다

그럼. 그건 사소하고, 사소한 만큼 당연하지……

세월 펼쳐진다 '모종과 이중' 의.

—「첫 논과 밭 — 하노이-서울 시편 2」 중에서

'모종과 이중의 세월' 은 다른 시간과 가치와 지향성이 공존하는 시대, 한 방향으로 규정할 수 없는 역사의 전환기를 의미한다. 김정환은 베트남과, 베트남의 거울에 비친 한국의 근황을 이렇게 파악한다. 한국의 6, 70년대를 빼닮은 베트남은 '패망=해방' 의 시절을, '해체=건설' 의 시대를 맞이하고 있다. 구체적으로 말하면, "박정희 없는 60년대 혹은/반공교육 없는 70년대 같"은 베트남의 현재는 독재와 이념의 색깔을 덜어낸 한국의 과거와 같고, 가난과 혁명의 신념, 민중적 세계관 등의 한국의 지난 과거는 베트남의 현재와 같다. 베트남과 한국에서 진개되는 '모종과 이중의 세월' 은 이처럼 비동시적인 시간차를 지닌다. 김정환은 그 속에서 끊임없이 생성되는 차이에 주목한다. 여기에는 베트남의 내부에서 발생한 차이뿐만 아니라, 베트남과 한국의 역사적 차이 및 한국 내의 시대적 차이가 포함된다. 김정환의 궁극적인 관심은 한국의 내부 상황에서 생성된 차이들로, 일찍이 그는 이 차이들의 진행과정을 '파경(破鏡), 광경(光景), 풍경(風景)' 이라고 이름 붙인 바 있다. 위의 시에서도 "세월 펼쳐진다 '모종과 이중' 의"라는 시행은 역사의 시간을 하나의 광경으로 묘사하면서, 이전 시집 『해가 뜨다』(2000)에서 시화한 '파경, 광경, 풍경' 의 사유를 계승 변주하고 있다.

> 모종의 세계관이 파경에 이르렀다. 이데올로기보다 원숙했던 세계관, 이성보다 더 포괄적으로 자신의 몸을 열었던 세계관, (……) 그런 모종의 세계관이 파경에 이르렀다.
>
> 그 파경을 육체적으로 가장 아파하는 것은 시다. (……) 시가 스스로 파경의 내부를 들여다본다. 그리고 자신이 여러 겹으로 펼쳐지는 것을 느낀다. 시가 자신의 광경을 느끼는 순간이다…… 그리고 그 광경은, 파경으로서 여러 겹이다…… 파경 속으로 사라지는 방법으로 파경 넘어를 가시화한다…… 이것이 21세기를 맞는 내 시 언어의 근황이다.
>
> —「파경과, 광경, 광경의 풍경과 풍경의 광경」(『해가 뜨다』) 중에서

김정환의 '파경, 광경, 풍경' 의 사유는 의심할 바 없이 80년대 말과 90년대 초의 현실 사회주의의 붕괴를

반영한다. 한 시대와 가치관의 붕괴는 차이의 폭발적 증가에 의해 일어난다. 무섭게 퍼지는 차이들이 균열을 만들고, 그 균열이 파경을 초래한다. 그러나 파경은 종말과 같은 의미가 아니다. 파경은 오히려 새로운 시작을 뜻한다. 김정환에 따르면, 역사의 파경에 투신해 "파경 넘어를 가시화"하는, 즉 파경을 거대한 광경과 아름다운 풍경으로 바꾸는 고투를 통해 우리는 새로운 역사를 창출할 수 있다. 파경, 광경, 풍경으로 이어지는 역사의 질적 변화는 "파경 속으로 사라지는 방법으로 파경 넘어를 가시화하"는 '소멸의 마술', 혹은 '소멸의 동력학'에 의한다. '여러 겹'의 '파경'을 온몸으로 살아내는 일이 '파경의 역사'를 '장엄한 광경'과 '아름다운 풍경'으로 전환하는 에너지가 되는 것이다. 새로운 역사는 파경을 광경과 풍경의 일부로 수용하는 시인의 눈에서 시작된다. 역사의 파경을 초래한 차이들은, 또다른 차이를 만드는 시인의 눈을 통과해 역사의 전망을 구성하는 입자가 된다. 김정환의 표현을 빌리면, 파경 속에서 "육체의/다중성이 흐르고", "그 안에 나의, 역사의 모든 광경이 묻어"날 때, "전망은/눈물이 눈물을 씻어내는, 생애 이상의 어떤 것"(「독재, 생애, 눈물, 광경, 음악」)이 되는 것이다. "파경 속으로 사라지는 방법으로 파경 넘어를 가시화하"는 김정환의 역사적 파토스가 공간 개념의 명사 '너머'가 아닌, 진행형 동사 '넘어'로 수식되는 것은 이 점에서 자연스러운 일이다.

베트남에서 김정환은 파경의 역사를 온몸으로 '넘어' 가는 활기찬 광경과 풍경의 아름다움을 목격한다.

> 마침내 고단한 삶이 이토록 아름다운
> 정상(正常)의 생애를 펼쳐낸다
> 오, 톨레랑스(tolérance)
> 바닷속은 보이지 않고
> 끔찍함도 기미가 없다
> 출렁대는 표면에 소라 고동
> 해산물을 파는 거룻배 동력선들이 분주하다
> '배를 움직이는 꿈쩍 않는 아버지와
> 여린 두 팔을 쳐들며 사달라고 애원하는
> 아이만 있군. 어머니는 집에 있을까?……아니,
> 죽었을지도 몰라. 전쟁이니까.'
> 바다는 아름답고 슬프다가

마침내 슬픔이 이토록 넉넉한

길에 도달한다

—「하롱 Bay — 하노이-서울 시편 8」 중에서

전쟁의 수도 하노이 사람들에게

아름다움은 운명이다

2만 년 전 원주민이 살던

구석기 말, 신석기 초부터

Soi Nhu, Cai Beo, Ha Long

3대 문화가 이어질 때부터

하롱 Bay, 아름다움은 몇 시간만 걸리는 운명이다

과거의 권위와 미래 전망이

겸손하게 만나는

호치민 기념공원은 운명이다

하롱 Bay, 아름다움은 역사고 운명이다

—「하롱 Bay로 — 하노이-서울 시편 7」 중에서

오토바이들이 대학생 연인들이 질주한다 차선도

유턴 금지도 없이. 대부분 운송 아르바이트 학생들

입니다……

미세스 호아는 그렇게 부연 설명했지만
그 옛날 낡은 전투기를 몰던 월맹 조종사보다 기민한
그들의 운전솜씨에서
전쟁의 세대가 평화의 후대에게 물려줄 것이
살기가 아니고 활기라는 점을 알았다
내게는 그걸 표현할 한국어가 없다
식민지 언어만 있다.
energetic commotion of liberation.
power more free than freedom.

—「다운타운—하노이-서울 시편 3」 중에서

역사의 파경과 광경을 묘사하기 위해 김정환은 기행시의 외장(外裝)을 빌린다. 그가 그리는 여행의 풍경은 그대로 베트남의 역사의 풍경이며, 사람들의 체온이 녹아 있는 삶의 풍경이 된다. 그가 본 베트남은 "고단한 삶이 이토록 아름다운/정상(正常)의 생애를 펼쳐"내고, "과거의 권위와 미래 전망이/겸손하게 만나"며, "살기가 아니고 활기"를 내뿜고 있다. 김정환은 그 안에서 아름다움과 역사가 하나로 녹아드는 광경을 본다. 폭압의 역사에 대한 투쟁으로 시를 써온 초기부터 김정환은 아름다움을 역사 훼손의 척도이자, 해방의 역설적인 에너지로 삼아왔다. 김정환에게 아름다움은 어떤 대상이 자아내는 효과가 아니라, 이 세계와 인간의 삶을 구성하는 본질적인 요소이다. 김정환의 아름다움은 '세계의 아름다운 탈환'을 추구하는 예술가의 욕망과, '아름다운 세계의 탈환'을 추구하는 혁명가의 열망이 혼융된 개념이다. 김정환이 생각하는 아름다운 세계는 미학과 현실이 서로를 내포하는 세계이자, 시적 정의가 실현되는 세계이다. 이 아름다움이 훼손과 복원을 거듭하며 실현되는 과정이 바로 인간의 역사인 것이다. 김정환은 미적 욕망과 역사적 열망을 같은 자리에 놓음으로써, 미학보다 현실을 우선한 80년대 문학의 불균형을 적어도 시적 인식의 면에서는 넘어서고 있었다. "진정으로 아름다운 것은 힘이 되는 아름다움뿐"(「아름다움을 위하여」, 『좋은 꽃』, 민음사, 1985), "아름다움이여 아름다움의 현재/더럽혀진 기쁨이여/그대를 껴안아 내 몸의 피와 살로 삼으며/해방으로 가고 싶다/다시 아름다움에 대해 외치고 싶다"(『황색예수전 3—예언, 그리고 아름다움을 위하여』, 실천문학,

1986)와 같은 시구는 이 점을 여실히 보여준다.

김정환은 시집 전반에서 베트남과 한국의 상황을 비교해 일종의 콜라주 효과를 자아낸다. 한 예로, 월맹 조종사보다 기민한 아르바이트 대학생들이 싱싱한 '활기'를 뿜어내지만, 그는 "내게는 그걸 표현할 한국어가 없다/식민지 언어만 있다"고 안타까워한다. 냉정하게 말해, 한국의 현대사는 식민 경험이 내재화된 역사라고 할 수 있다. 내재화의 실상을 보여주는 가장 좋은 증거물의 하나는 언어이다. 김정환은 베트남 젊은이들의 활기를 표현할 한국말이 없다는 자각을 통해 우리의 무의식에 착색된 식민성을 재확인한다. 우리에게 그것을 표현할 언어가 없다는 것은 대상 자체, 즉 활기가 존재하지 않는다는 의미와 같다. 김정환의 '베트남 유감'은 평생을 제국주의와 싸워온 작가들을 만나면서 더 짙어진다. 베트남의 작가들은 외형상 우리와 매우 닮아 있다. 일본에 맞선 베트남 문학 1세대인 아흔의 소설가 쒼쿼렝은 시인의 돌아가신 외할아버지를 닮았고, 프랑스에 맞선 일흔 넘은 2세대 여성 수필가 콴랑예는 돌아가신 외할머니를 닮았으며, 미국에 맞선 3세대 시인 츠뤼종은 한국의 작가회의 작가들을 닮았다. 그런데 이들이 제국주의의 침략에 저항할 때, 한국은 제국의 편에 서서 군대를 파병해 그들을 짓밟았다. 파병된 군인들 중에는 물론 작가들도 있었다. 사십 년의 세월이 흐른 지금, 양국 작가의 정상회담은 한국의 사과가 아니라 두 나라의 상호 유감 표명으로 끝난다.

> 그 둘이 정상회담을 한다. 휴틴의 관심사는
> 한국의 과거보다는 베트남의 미래다 당연하다
> 이문구의 관심사는 북한과 다른 베트남의
> 관용정신이다 그렇다, 베트남 전쟁은 한국군이 포함된
> 미군측 잔혹행위가 유례 없지만
> 종전 후 승자가 패자에게, 전사가 배신자에게 보인
> 관용은 더 유례 없다
> 전쟁이 습관이 되면서 어느새 관용도 습관화한 것일까
> —「회담과 서명, 그리고 — 하노이-서울 시편 16」 중에서

놀랍게도, 베트남은 "한국군이 포함된/미군측 잔혹

행위"를 "유례 없"는 '관용'으로 용서해왔다. 베트남이 전쟁의 승자여서가 아니라, 과거보다 미래를 중시하는 그들의 가치관 때문이다. 그러나 역사의 과오를 치열하게 반성해야 할 한국의 작가들이 '상호 유감 표명'에 합의한 것은 옳은 일이 아니다. 베트남은 지금도 관용을 베푸는 중이고, 한국은 관용의 수혜자로 남아 있는 것이다. 관용의 일방적인 수혜자는 진정한 역사 청산의 주체가 될 수 없다. 김정환은 베트남에 대한 이중의 미안함과 씁쓸함을 간직한 채 그가 직면한 문제들을 응시한다. 하나는 황금 자본주의 시대의 시의 운명이며, 다른 하나는 삭은 고철더미로 화해 있는 분단 역사의 비극이다.

> 시는, 자본주의를 관통할 수 있을까?
> 관통하는 시는 대중을 잃고 잃지
> 않으려면 전근대에 필사적으로 목을 매달밖에 없는
> 비애를 극복할 수 있을까?
> —「Van Nghe 신문사 — 하노이-서울 시편 10」
> 중에서

소리의 세계가 스스로 아비규환을 이루는
이곳은 매향리, 나의 땅
소리여 찢어지는 소리의 몸
소리여

(……)

보아라 오늘 철의 누더기가 일어선다
일어서라, 쓰러진 자
소리의 누더기가 소리의 예술을 세운다
널리 울려퍼져라, 소리의 평화

응집하라 무한 데시벨과 무한 공포와 균열의 균열과, 눈물의 눈물과
일어서라, 오 소리는
나의 격동하는 평화
—「소리의 평화 — 하노이-서울 시편, 그후」 중에서

자본주의는 시를 조금씩 도태시키고, '매향리'로 압

축된 분단 역사의 비극은 침묵하는 '소리의 아비규환'을 이루고 있다. 이를 극복하려면 시가 "자본주의를 관통"하고, "철의 누더기"가 "소리의 예술", "소리의 평화"를 창조하는 바탕이 되어야 한다. 그것은 가능할까? 김정환은 전근대의 옹색한 유산과, 찢겨져도 소리내지 않는/못하는 오랜 비극이 누적되어 있는 현재를 바꾸는 것이 선행 과제라고 생각한다. 21세기의 서두에 선 우리 문학에서 자본주의와 파행적인 분단의 역사는 가장 근본적이고 중요한 문제들이다. 김정환은 "일어서라"는 명령형과 '오'(!)라는 감탄사를 시의 절정에 배치함으로써, '파경'을 넘어 '광경'과 '풍경'의 역사를 이룩하려는 절박한 의지를 표출한다. 김정환의 시적 초점은 변함없이 역사의 현장에 있는바, 이는 잃어버린 시적 정의를 새롭게 부활시키는 일로 귀결된다. 연작시집 『하노이-서울 시편』은 시적 정의의 현실적 재림을 준비하는 긴 싸움의 한 과정에 속한다.

김정환의 『하노이-서울 시편』은 역사의식의 귀환과 한국 시의 공간 확대라는 의미를 갖는다. 김정환은 역사의 이름으로 호출하는 '베트남'의 소환 명령에 기꺼이 응했고, 그 응답으로 일련의 연작시들을 써냈다. 소설과 달리 시의 편에서 베트남을 향해 이렇듯 성실한 회신을 보낸 예는 많지 않다. 차분하고 분석적인 어조, 간결성과 정확성을 추구한 문장, 대상에 대한 객관적 시각의 유지 등은 '베트남'이라는 불편한 '비밀 파일'을 다루는 김정환의 시적 전략이다. 한편, 김정환은 영역본으로 동시 출간되는 사정을 감안해 번역하기 힘든 표현들을 자제하고 있는 듯하다. 이 연작시집이 잘 읽히는 반면, 다소 건조하다는 인상을 주는 것은 이 때문일 것이다. 마지막으로 남은 문제는 김정환이 한 것처럼, 우리에게는 '베트남'의 호출에 답할 의무가 있다는 점이다. 그 호출의 진짜 발신지는 베트남이 아닌, 우리가 통과해온 역사이기 때문이다.

하노이-서울 시편

초판인쇄 | 2003년 8월 20일
초판발행 | 2003년 8월 30일

지 은 이 | 김정환
책임편집 | 차창룡 최정수 박여영
펴 낸 이 | 강병선
펴 낸 곳 | (주)문학동네
출판등록 | 1993년 10월 22일 제22-188호

주 소 | 136-034 서울시 성북구 동소문동4가 260번지 동소문빌딩 6층
전자우편 | editor@munhak.com
전화번호 | 927-6790~5, 927-6751~2
팩 스 | 927-6753

ISBN 89-8281-711-5 02810

www.munhak.com